La Ballade d'Aïcha

BALLADE : Poème
BALADE : Promenade
Aïcha, tu n'as eu le choix ni de l'une,
ni de l'autre.
Je veux raconter ton histoire en pensant aux deux.

L'auteur.

Responsable de la collection : Hélène Wadowski
Coordination éditoriale : Catherine Jardin, Frédérique Guillard
Direction artistique : Bernard Girodroux, Claire Rébillard

ROBERT BOUDET

LA BALLADE D'AÏCHA

Illustrations de Nathalie Girard

NATHAN

Au Grand Pré,
il n'y a
plus d'herbe.

LE GRAND PRÉ 1

Au Grand Pré, il n'y a plus d'herbe. Ou presque. Des pelouses partout rabotées, des massifs rachitiques, des arbres en sursis.

Au Grand Pré, les immeubles conjuguent le gris et le froid sur fond de béton majeur. Les rues portent des noms de fleurs mais les résidents des Glaïeuls ne peuvent pas voir ceux des Primevères qui ne peuvent pas sentir ceux des Hortensias. Quand les bagarres éclatent, on ne lance pas des fleurs mais des bouteilles de bière, des pierres ou des boulons. Il y a souvent des bagarres pour un oui, pour un rien. Une poubelle renversée, un ascenseur en dérangement, un mot de travers. La police intervient quand tout est fini. Elle ramasse les morceaux, morceaux de bouteilles, morceaux de blessés. Les ennemis se réconcilient jusqu'à la prochaine. On ouvre

les pharmacies et on vide les Kronenbourg.

Au Grand Pré, il n'y a plus de vaches ni de moutons. Il y a des tigres, des hyènes et des chacals. C'est ce que dit Youssouf, le père d'Aïcha et de Nordine. Il a tout son temps pour observer la faune de la cité. Il est en arrêt de maladie depuis de longues semaines et, derrière sa fenêtre du dix-neuvième étage, il a une jolie vue sur les immeubles. On lui donnerait soixante-dix ans alors qu'il n'a pas dépassé la cinquantaine. Ouvrier modèle aux Cimenteries Laforge, il y a laissé une partie de ses poumons et la fin de ses illusions. La Sécurité sociale lui donne à peine de quoi survivre. Mais Youssouf est trop fier pour se lamenter ou pour demander l'aumône. Il a refusé l'aide de la commune, la cantine gratuite pour les enfants, il a même jeté dehors une brave voisine qui voulait lui offrir des vêtements (presque neufs).

Il n'est pas un mendiant.

– La main tendue est méprisable, répète-t-il obstinément.

– Oui, dit Nassia, sa femme, pour ne pas le contrarier.

C'est une énorme et généreuse mama déformée par six maternités.

– Je serai bientôt sur pied et je vous nourrirai tous, comme avant.

– Oui, oui, dit encore Nassia pour le calmer, car il s'est levé de son fauteuil et une quinte de toux le tord en deux.

Des six enfants que Nassia a mis au monde, deux sont mariés, un autre fait son service militaire en Algérie, et le tout-petit, à neuf mois, perce sa deuxième dent. Il pleure très fort. Nassia le berce. Rien n'y fait. Alors elle envoie Aïcha chercher du Synthol à la pharmacie. Nordine lui emboîte le pas. Il ne quitte que très rarement sa grande sœur.

Dans le hall d'entrée du bâtiment B, ils rencontrent Karim et sa bande. C'est un grand au visage maigre. Il fume sans arrêt. Il crache beaucoup. Mais il est gentil avec Aïcha.

– Hé ! p'tite sœur, où tu vas comme ça ?

Aïcha lui raconte le bébé, le Synthol, le père qui tousse. Karim crache et serre les poings.

– Salauds de patrons !

Nordine s'accroche à la jupe d'Aïcha. Il a vu Bomb, un gars de la bande, un mauvais, un teigneux. Il paraît qu'il met le feu aux caves, qu'il terrorise les femmes seules. Il a un œil à moitié fermé par une vilaine cicatrice. On l'appelle Bomb parce qu'il couvre les murs de la cité de tags vengeurs et obscènes.

Mais Bomb ne leur jette même pas un regard.

La pharmacie se situe dans la galerie marchande du Sup Mac. Aïcha aime bien aller au supermarché. Les néons, la musique, la foule, c'est bon comme une limonade fraîche. Elle installe Nordine dans un chariot et ils partent en voyage. Il y a le pays des fruits et légumes aux couleurs éclatantes, le pays des vêtements qui bruissent de tissus neufs, le pays des surgelés aux coffres givrés d'appétissants

trésors, le pays de la hifi où cinquante écrans font danser leurs mirages d'images.

Avant de se rendre à la pharmacie, elle entraîne Nordine dans des chemins buissonniers. Ils s'arrêtent au rayon pâtisserie. Elle s'emplit les yeux de babas dégoulinants de crème Chantilly, de tartes aux fraises géantes. Une femme embarque un mille-feuilles nappé de sucre glace. Nordine ne demande rien mais sa bouche est grande ouverte comme le bec d'un oisillon dans son nid. Ils restent tous deux, extasiés et muets, devant ces merveilles inaccessibles. Elle a juste de quoi acheter le Synthol pour le bébé.

Ils n'ont pas vu que quelqu'un suit leur manège.

C'est le vigile du Sup Mac. La semaine dernière, une bande a mis à sac, pendant la nuit, la réserve du magasin. On les a identifiés. On est à peu près sûr qu'il s'agit des Beurs du Grand Pré. Mais la police, après enquête, les a tous relâchés, faute de preuves.

Marcel Gribe et son collègue Gérard Darry sont employés par le Sup Mac pour surveiller la clientèle.

Marcel « fait les rayons ». Il va et vient dans le magasin, avec son talkie-walkie, et, quand il repère une personne louche, il avertit son collègue qui la coince à la sortie.

Depuis le vol de la semaine passée, Marcel a les nerfs. Surtout contre les Arabes, les basanés, les mal-vêtus. Il s'est juré que s'il en chopait un, il lui ferait sa fête.

Aïcha ne l'a pas vu venir.

– Alors, t'achètes, ou t'achètes pas ?

La voix de Marcel tombe sur les enfants comme une douche glacée. Aïcha sursaute. Elle se retourne. Devant elle, un bonhomme aussi large que haut, la figure barrée par une vilaine moustache, le regard dur.

– Je regarde, m'sieur !... fait la gamine. C'est pas interdit de regarder...

Le vigile toise Aïcha et ses petits yeux aigus fouillent les siens. Le rouge lui monte au front.

– Barre-toi, la bougnoule, ou il va t'en cuire !

Nordine se redresse dans son chariot. Il veut répliquer. Sa sœur lui ferme la bouche, ravale l'insulte et tourne les talons. Elle entend le bonhomme ricaner dans son dos.

– Pourquoi il nous « traite » ? dit le petit, plus loin. Pourquoi tu n'as rien dit ?

– Ça servirait à rien, lui répond Aïcha. Il y a des gens avec qui on peut pas discuter.

Elle paie le Synthol et sort de la pharmacie.

Derrière la porte vitrée du Sup Mac, elle aperçoit la silhouette massive du gardien.

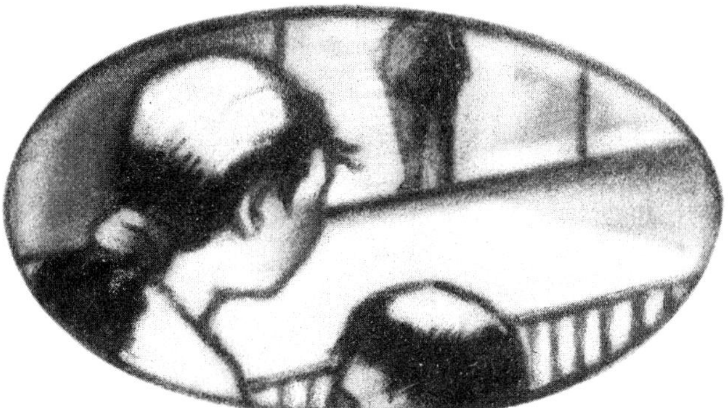

Le bébé a
braillé sans
discontinuer.
Pour soulager
sa mère,
Aïcha l'a porté,
bercé, câliné.

UN CADEAU POUR FLORENCE

2

FLORENCE est aussi claire qu'Aïcha est cuivrée. Elle est aussi blonde qu'Aïcha est brune. Elles sont le jour et la nuit, elles sont inséparables.

Ce matin, Florence a du mal à faire sourire sa copine. La petite Beur a de grands cernes sous les yeux. Elle n'a pas dormi de la nuit. Le bébé, malgré le Synthol, a braillé sans discontinuer. Pour soulager sa mère, elle l'a porté, bercé, câliné. Il se calmait un peu. Mais dès qu'on le reposait, il recommençait à hurler. Vers six heures du matin, il a enfin consenti à s'endormir. Trop tard pour Aïcha. Déjà les éboueurs, les premiers bruits d'ascenseur, de chasse d'eau, de lavabos.

– J'ai même pas pu faire mes exercices de maths ! soupire-t-elle.

– T'inquiète pas ! Je vais te les passer !

Elles s'installent dans un recoin du bâtiment. Florence sort son cahier, Aïcha recopie. Les chiffres dansent devant ses yeux. Et puis les mots, la voix, le regard du vigile. Elle n'arrive pas à se défaire de l'angoisse qui l'a saisie hier, quand l'autre leur est tombé dessus, sans prévenir. Ce n'est pourtant pas la première fois qu'elle essuie des injures racistes. À onze ans, elle en a fait largement le tour. Entre les « melons », les « bicots », les « crouilles », sans compter les « sales Arabes » ou les « ratons », elle a enrichi son vocabulaire. Son père lui a appris à se taire. À « laisser pisser le mérinos », comme il dit vulgairement. Lui s'est imposé par son travail, son honnêteté, son courage. À l'entreprise comme dans la cité, il est respecté.

– Quand on est dans un pays étranger, on n'est pas chez soi, répète-t-il souvent.

Aïcha, obéissante, a suivi ses conseils. Mais elle n'est pas d'accord.

Elle se sent chez elle, en France. La seule fois où elle est allée en Algérie, on s'est moqué d'elle, de son accent, de ses manières. Dans le petit village aux maisons blanches où vivaient ses grands-parents, elle a rêvé, avec nostalgie, au béton du Grand Pré. Elle a été heureuse de rentrer.

Au collège, elle n'a pas de problème avec ses camarades. Et elle a Florence.

– Vite, on va être en retard ! dit la blonde.

La sonnerie a retenti.

On se presse à l'entrée des classes.

– Tu n'oublies pas, à 5 heures !... lui glisse Florence avant de s'asseoir.

Aïcha pâlit. Sa poitrine se serre. Bon sang, ce soir, l'anniversaire de Florence ! Elle n'en a pas parlé à ses parents. Et surtout, elle n'a rien acheté pour son cadeau. En ce qui concerne l'autorisation de sortie, elle ne se fait pas trop de soucis. Florence offre un goûter. Pourvu qu'Aïcha soit rentrée à l'heure du dîner, ses parents accepteront sans difficulté qu'elle s'y rende. Mais pour le cadeau ! Elle avait réussi à économiser 10 F la semaine dernière mais sa mère les lui a « empruntés » pour le pain et a oublié de les lui rendre. Elle n'a plus un sou. Comment peut-elle se présenter à un goûter d'anniversaire les mains vides ? Surtout à l'anniversaire de Florence, sa meilleure amie.

Elle se souvient du disque de Jean-Jacques Goldman que Florence lui a offert pour sa fête, *Je te donne toutes mes différences...*

Elles ont chanté toutes les deux et les parents de Florence étaient ravis. Souvent, elle va écouter « son disque » chez sa copine car elle n'a pas d'électrophone chez elle. Elles ont tout appris par cœur. Elles chantent plus fort que le chanteur. Et leurs cœurs battent à l'unisson.

Aïcha aime bien aller chez sa copine. Il y a un jardin, un pavillon, on peut crier, écouter des disques à plein tube, on ne gêne personne.

Pourtant Florence trouve que sa rue est vieille. Le soir, il n'y a plus un chat à partir de 8 heures. « Je joue un peu avec mes voisins mais on n'est que trois. Pour faire un foot, c'est dur. » Florence adore le foot. Elle collectionne toutes les équipes du Championnat. Elle connaît tous les résultats sur le bout des doigts. Son idole, c'est Bruno Martini. Il est beau, qu'il est beau ! Aïcha pense aux parties acharnées qui se déroulent dans le terrain vague, derrière le Grand Pré. Mais elle n'a jamais pu y amener sa copine. Parce que ses parents refusent absolument qu'elle aille dans la cité. Ils sont gentils, ses parents, mais ils ont peur. Aïcha est un peu déçue par cette attitude. Est-ce qu'elle n'y vit pas, au Grand Pré, elle ?

« En attendant, comment je vais faire pour le cadeau ? »

À la récré, elle est distraite un moment par Djamel qui leur raconte une histoire à dormir debout.

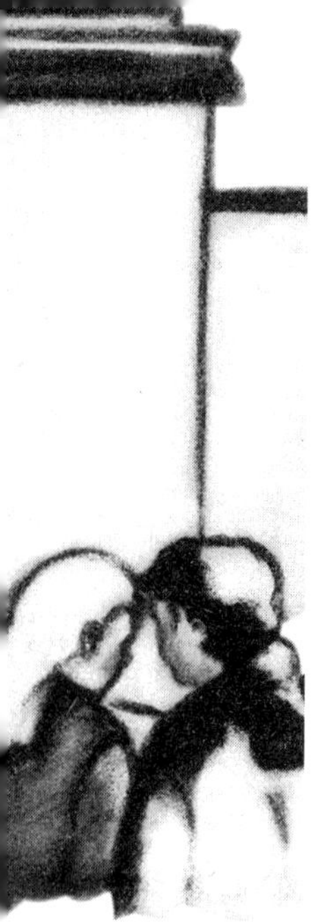

Dans l'ascenseur, il a vu une vieille femme vêtue de noir et qui avait des pieds de chèvre.

– Ouah ! l'autre ! s'exclame Frédéric. Ça existe pas !

– Je te jure, je l'ai vue, là, comme je te vois ! Des pieds de chèvre, avec les sabots fendus, noirs ils étaient !... Dis-lui, Aïcha, que je suis pas un menteur !...

Aïcha sourit. Djamel est furieux.

Pendant que les garçons continuent leur discussion, Florence montre à sa copine la liste des invités. Elle lui demande son avis. Tu comprends, je ne veux que des sympas. S'il y en a un qui te déplaît, tu me le dis. Aïcha l'approuve distraitement. Il y a une petite bête qui lui trotte dans la tête, une petite bête en forme de question gratteuse.

« Et le cadeau ? »

« Et si j'empruntais 50 F à Frédéric ? »

Ses parents sont médecins, il se vante d'avoir 100 F d'argent de poche par semaine. 50 F, ça ne lui coûterait pas beaucoup...

Mais Aïcha rejette cette idée. Avec Frédéric, pas moyen de garder le silence. Il a un faible pour les secrets... éventés.

Piocher dans le porte-monnaie de sa mère ?

Impensable ! Elle s'en apercevrait tout de suite. D'ailleurs, y a-t-il seulement 50 F dans ce porte-monnaie ? Hier, elle n'a eu que les 27,50 F du Synthol, pas un centime de plus. Et puis, voler sa mère, quelle horreur !

VOLER !

Ce mot tournicote dans la tête d'Aïcha.

VOLER !

Ce mot grandit, ce mot fait son nid.

Cette fois,
elle s'arrête
aux produits
de beauté.

VIDE TES POCHES ! 3

Le *Livre d'Or du football* ! Il est épais, cartonné, coloré. C'est un beau livre. Mais il est grand, trop grand. Aïcha le repose à regret. Nordine, dans son chariot, s'agite.

– Je veux aller à la vidéo. Pourquoi tu regardes les livres ?

– Laisse-moi tranquille !

Nordine est surpris par le ton sec de sa sœur. D'ailleurs, elle est bien nerveuse, aujourd'hui. Elle ne s'attarde pas, comme d'habitude, elle fonce, revient sur ses pas, regarde autour d'elle, se trompe de produits, oublie la boîte de couscous pour laquelle sa mère l'a envoyée au Sup Mac.

Cette fois, elle s'arrête aux produits de beauté.

Qu'est-ce qui lui prend ? On n'achète jamais de démaquillant ou de laque dans la famille. Pour les cheveux, sa mère emploie du henné qu'elle prend chez un Marocain.

Voilà qu'Aïcha, maintenant, manipule une barrette fluo en forme de papillon. Elle ne met jamais de barrette, sa sœur ! Elle porte un foulard noué pour tenir sa lourde chevelure noire aux reflets de feu. Un joli foulard vert léger. Pas un papillon fluo. Mais... Que fait-elle ? Elle fourre la barrette dans sa poche.

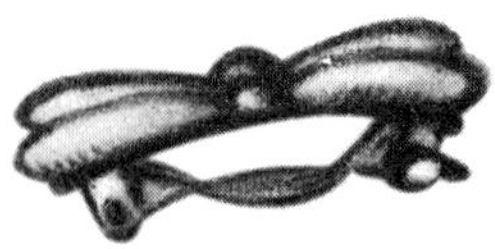

Nordine veut lui crier de ne pas faire ça. Il est renversé dans le chariot sous la poussée brutale que lui a donnée Aïcha. Il se cramponne comme il peut. Il ne reconnaît pas sa sœur, le visage crispé de sa sœur, son regard fixe.

Trop tard ! On est à la caisse. Aïcha sort son porte-monnaie. Ses mains tremblent. Elle laisse échapper une pièce. La caissière s'impatiente. Nordine retient sa respiration. Il a mal au ventre. Ça y est ! On est passés ! On file vers la galerie. Il n'y a plus qu'une porte à franchir. Soudain le chariot est arrêté net dans sa course. Ils sont deux. Ils tiennent Aïcha. Elle crie. Nordine saute du Caddie. Il se sauve en courant. Il va prévenir les autres. Quels autres ? Il ne sait pas mais il va les prévenir. Il ne peut pas laisser sa sœur entre les pinces des crabes en uniforme !

– Vide tes poches !

Ils ont entraîné la gamine, malgré ses coups de pied et ses hurlements, dans un bureau à l'écart. Les gens ont vu. Ils n'ont rien dit. Certains ont hoché la tête tristement. Si jeune et déjà voleuse, ont-ils pensé.

Marcel Gribe ricane. Il se frotte les mains.

– Je savais bien que je te coincerais ! dit-il en arrachant à moitié la poche d'où tombe la barrette fluo en forme de papillon. C'est quoi, ça ?

Aïcha sent ses jambes flageoler. Le visage de l'homme est tout contre le sien. Il sent l'alcool, sa moustache fait un trait noir sous son nez. Son front s'est empourpré.

La gamine balbutie.

– Je vous en prie, laissez-moi partir... Je ne voulais pas... C'est pour ma copine... Pour son anniversaire...

– Pour ta copine ! C'est ça !... Tu te fous de moi ! vocifère le gardien.

Et il gifle Aïcha à toute volée. Elle roule à terre.

L'autre vigile, qui n'a pas bougé jusque-là, intervient alors.

– Arrête, Marcel, c'est pas bien méchant, une barrette !

– Pas bien méchant ! On commence par une barrette, on finit par la caisse ! Non, crois-moi, Gérard, c'est tous des enfoirés, ces Arabes ! Tous des hypocrites !

Il est fou furieux, Marcel Gribe. Il saisit Aïcha par le haut de sa robe, il la soulève, il va la jeter contre le mur. Il ne se contient plus, Marcel Gribe. Il n'a pas digéré le vol de la semaine passée. On lui a fait sauter sa prime à cause de ça. Il va la « marquer »,

cette petite voleuse, elle s'en souviendra, et ceux du Grand Pré aussi !

Gérard Darry lui arrache la fillette. Cette fois, il repousse son collègue, sèchement.

– T'as pas le droit ! C'est une gamine !

Marcel serre les poings. Les deux hommes s'affrontent du regard. Aïcha, les cheveux défaits, la robe déchirée, s'appuie à une armoire, pour ne pas tomber, ne pas s'évanouir.

Enfin, le gardien à la moustache se calme. Il persifle.

– T'es trop con, Darry ! Tu te feras bouffer !

Darry ne dit rien. Il laisse son collègue vider sa bile. Puis il interroge Aïcha, sans s'énerver, presque paternellement.

– Pourquoi tu as fait ça ?

Aïcha raconte son histoire en hoquetant de sanglots.

Elle parle de son père malade, de son petit frère, du bébé. Elle donne même le nom de Florence dont les parents sont bien connus dans la ville. Elle évite de regarder Marcel Gribe.

Darry n'est pas une brute. Il tend un mouchoir à la fillette pour qu'elle essuie ses larmes. Il lui fait la morale.

– Tu as risqué gros pour pas grand-chose...

Mais Marcel l'interrompt froidement.

– Ah, non ! ce serait trop facile. Si tu la laisses partir comme ça, je fais un rapport.

Aïcha implore Darry du regard. Il hausse les épaules en un geste d'impuissance.

Marcel s'approche de la gamine. Elle recule, terrorisée.

– T'inquiète pas, je te toucherai plus ! Je vais te donner une leçon que tu n'es pas prête d'oublier ! Ôte tes chaussures !

Aïcha le regarde, interloquée.

– Ôte tes chaussures et tes chaussettes ! Tu vas rentrer chez toi, pieds nus, tu diras à ton père ou à ta mère qu'ils viennent régler le prix de la barrette et ils pourront récupérer tes chaussures !

La fillette obéit, au ralenti, comme hypnotisée. Le carrelage lui glace la plante des pieds. Ses orteils se recroquevillent. Darry détourne la tête. Marcel éclate de rire. Un rire graillonneux, sonore. Un rire qui s'abat sur Aïcha comme une grêle d'orage.

Dans la galerie, dehors, sur le trottoir, Aïcha marche, somnambule, les yeux vides. Elle marche en traînant ses pieds nus comme on traîne des boulets. Tous les regards sont fixés sur ses pieds nus. Elle les sent, ces regards, ils sont sales, gluants, ils sont chargés de la honte qui lui serre le cœur. Elle marche, Aïcha, mais elle est sûre d'une chose : elle ne rentrera pas chez son père, il la tuerait.

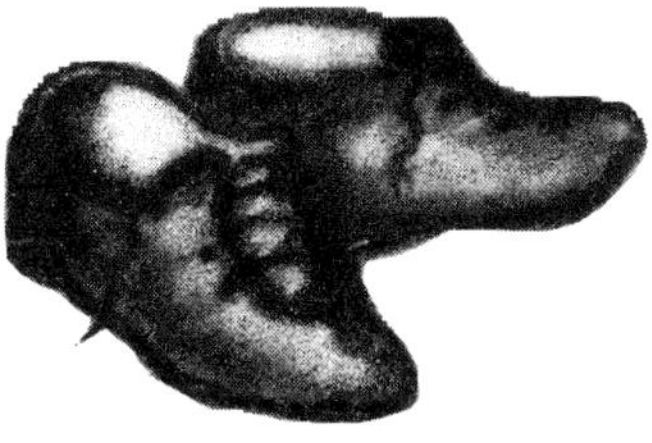

… des volets qui s'entrouvrent, des rideaux qui se soulèvent.

PIEDS NUS DANS LA VILLE 4

LES rues sont interminables. Des alignements d'immeubles à n'en plus finir, des carrefours, encore des carrefours, puis des maisons, encore des maisons et des chiens qui aboient, des volets qui s'entrouvrent, des rideaux qui se soulèvent. Se sont-ils tous donné rendez-vous pour la regarder passer, la petite Aïcha, pour montrer du doigt sa robe déchirée, ses pieds nus, ses cheveux défaits ?

Elle ne pensait pas qu'une ville, c'était si grand.

Quelquefois, quand elle prenait l'autobus pour aller voir son frère Kamel, du côté de l'usine, elle s'amusait à compter les feux rouges. 27. Elle était arrivée à 27. Mais elle était assise, tranquille, le nez collé à la vitre, laissant défiler sous ses yeux le paysage urbain, comme au cinéma.

Aujourd'hui, elle est à pied. Elle n'est pas au cinéma. Elle ne traverse pas la ville pour aller voir son frère. Que dirait-il, Kamel, s'il la voyait arriver, attifée comme une mendiante, avec un aveu de voleuse à la clé ? Kamel et sa femme travaillent dur à l'usine pour payer les traites du petit pavillon qu'il a aménagé lui-même, dimanche après dimanche, prenant toutes ses heures de liberté, une partie de ses nuits, pour gâcher le plâtre, mélanger le ciment, étaler la peinture, installer l'électricité, poser le carrelage. Parfois, Aïcha venait lui donner un coup de main. Porter les briques, découper le papier peint, préparer les carreaux. Kamel et sa femme la remerciaient en lui donnant des fruits et des légumes du jardin. Quelques œufs de leurs poules, aussi. Aïcha n'y touchait pas avant d'être retournée au Grand Pré. Le père Youssouf pleurait d'attendrissement devant ces cadeaux bienvenus et

Aujourd'hui, elle est à pied.

remerciait Allah de lui avoir donné un fils si honnête, si travailleur, si généreux.

Aïcha sent les larmes poindre sous ses paupières à l'évocation de ces moments heureux. Pourquoi a-t-elle tout gâché ? Pourquoi s'est-elle conduite comme une brebis gâleuse ?

Elle aperçoit un agent de police au carrefour.

Il l'a sans doute vue venir. Elle oblique dans une rue, pour l'éviter. Un instant, Aïcha guette les gestes de l'agent. Non, il ne s'intéresse pas à elle. La fillette pousse un soupir de soulagement. Le soleil descend au ras des toits, allonge les ombres de la rue. Un groupe de gamins joue au ballon. Elle ne peut pas les éviter. Si elle rebrousse chemin, elle passera devant l'agent. Impossible ! Alors, malgré la brûlure qui entame ses pieds nus, elle avance crânement vers le groupe. Au moment où elle traverse l'aire de jeu, la balle lui heurte la tête, rebondit et trompe le gardien de but. Sonnée, Aïcha vacille, s'assoit sur le bord du

Pourquoi a-t-elle tout gâché ?

trottoir. Les garçons se disputent pour savoir si le but est valable. Les uns prétendent qu'Aïcha est un obstacle naturel comme un arbitre ou un poteau, les autres, qu'elle est un élément perturbateur, donc qu'il fallait arrêter le jeu.

Pendant ce temps, une petite fille, une sucette entre les dents, s'est approchée d'Aïcha qui se remet du choc.

– Pourquoi t'as les pieds nus ?

Aïcha ne répond pas.

– Pourquoi ta robe, elle est déchirée ?

Aïcha essaie de sourire.

– T'as mal ?

Aïcha remue la tête de gauche à droite et se relève.

– Tiens ! Je te prête ma sucette, c'est bon !

Avant que la sœur de Nordine ait le temps de refuser, la petite fille lui fourre sa sucette baveuse dans la bouche.

À cet instant, un garçon, qui a aperçu la scène, fonce vers Aïcha, lui arrache la sucette.

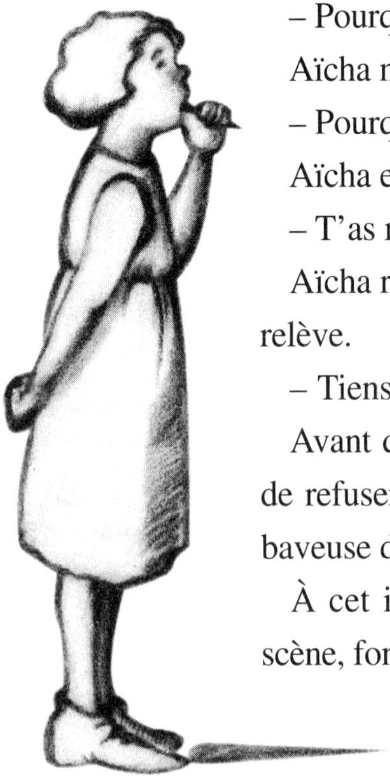

– Ça va pas, non ! Non seulement tu bousilles notre partie, mais en plus tu piques les bonbons de ma frangine !

Puis, la regardant de haut en bas d'un air méprisant :

– Fiche le camp ! On n'aime pas les romanos dans notre quartier !

Les autres garçons se joignent au premier et deviennent menaçants. Aïcha recule précipitamment et, sous les quolibets du groupe, malgré sa fatigue et ses pieds enflammés, elle prend les jambes à son cou.

Elle entend la petite fille qui crie :

– Méchants, vous êtes méchants !

Hors d'haleine, elle atteint le fond de la rue et s'affale sur une borne. Devant elle, des champs, un pont. Enfin, elle parvient au bout de la ville, le bout de ses peines. Il n'y aura plus personne pour se moquer d'elle, de ses pieds nus, sales maintenant, de sa robe déchirée, poisseuse de sueur.

– Tu t'es perdue ?

La voix est lente, un peu cassée.

C'est une vieille dame, portant un cabas à provisions empli de pissenlits, qui lui parle :

– Non, madame, je m'amuse.

Le ton d'Aïcha n'est pas très convaincant.

– Tu n'es pas d'ici, toi, je ne t'ai jamais vue.

– Non, madame, je viens de déménager.

La vieille dame pose son cabas. Elle se frotte les reins avec la main.

– Qu'est-ce qui t'est arrivé, mon enfant ?

Comme elle a l'air gentille, accueillante, cette vieille femme ! Comme elle aimerait se jeter dans ses bras, Aïcha, laisser éclater le torrent de sanglots qui l'étouffent ! Tout lui raconter ! Se soulager.

Mais que lui arrive-t-il ?

Elle a peur. Elle se relève. Elle apostrophe la vieille dame.

– Occupe-toi de tes affaires, mémé !

Et elle lui tourne le dos avant que la pauvre vieille ait eu le temps de s'indigner.

Elle est déjà sur le pont, Aïcha. C'est un pont métallique, il y a des boulons qui dépassent, rouillés, coupants. Soudain, elle pousse un cri. Elle s'est entamé le talon. Une éraflure zèbre sa chair nue, du sang afflue. Elle laisse des traces sur le pont, petit Poucet tragique qui abandonnerait derrière lui les gouttes de sa vie.

Elle quitte le pont, emprunte un chemin de halage.

Elle est au bord d'un canal. Déjà le soleil disparaît derrière l'horizon chargé. Le vent se lève. Il est glacé, il annonce la pluie.

*On dirait
que le paysage
s'est déguisé
d'ombres
et de masques
grimaçants.*

UNE NUIT SANS ÉTOILES 5

On dirait que le paysage s'est déguisé d'ombres et de masques grimaçants. C'est que la petite fille ne sort jamais la nuit. Passé vingt heures, le Grand Pré est zone interdite pour les enfants. Les hyènes et les chacals envahissent leur jungle favorite. Et jamais Youssouf ne permettrait que sa fille se risquât à les affronter. De toute façon, comme il dit, ce n'est pas la place d'une fille.

Pourtant Aïcha sait tout ce qui se passe dans les entrailles de la cité : les vols, les viols, les bagarres, les trafics. Il n'est pas rare qu'au matin on retrouve des seringues qui traînent, des traces de sang sur les murs. À cette évocation, la petite Beur a un frisson. Un élancement douloureux traverse son pied.

Elle s'assoit sur un talus.

Dans la faible lueur d'une nuit à peine entamée, sa blessure fait comme un gros trait noir. Elle y pose la main. C'est chaud. C'est collant. Elle se rappelle qu'une fois Nordine s'était ouvert le pouce en découpant une tranche de pain. Il avait hurlé comme un perdu. Il croyait que son doigt allait tomber. Ou que, peut-être, il allait se vider de tout son sang. Il était si petit. Aïcha l'avait rassuré. Elle lui avait confectionné un énorme pansement à double nœud comme des oreilles de lapin. Et Nordine avait ri. C'était drôle d'ailleurs, car il riait et pleurait tout en même temps.

Oui, c'est comme moi en ce moment, se dit Aïcha en souriant, car elle sent ses paupières se gonfler et son menton qui tremble. Pour la première fois depuis sa fuite aveugle, la peur la saisit.

Où va-t-elle ? Que va-t-elle faire ? Reverra-t-elle un jour Nordine, ce petit frère fragile ?

Et que deviendra-t-il sans elle ? Elle a envie de l'appeler. Comme s'il pouvait l'entendre. Comme si elle voulait lui dire : attends-moi. N'oublie pas de te laver les dents et de prendre tes vitamines.

Elle se surprend à parler toute seule. Elle pense à ces vieux qui marmonnent des choses incompréhensibles pour eux tout seuls et que même les moqueries ne font pas taire. Youssouf a un mot rigolo pour ça. Gâteaux ! Non, gâteux ! Oui, c'est ça, gâteux ! Est-ce qu'on peut être gâteuse à dix ans ? Aïcha sursaute et serre les mâchoires pour ne pas pleurer.

La nuit est là maintenant, tout à fait là. Et elle encercle la gamine telle une noire inondation. Partout, ce sont des bruits inconnus, des frôlements, des respirations peut-être et des baisers froids qui se plaquent sur sa nuque, sur ses bras et s'insinuent le long de ses jambes jusqu'à ses pieds transformés en blocs de glace où persiste, aigu, le feu de la douleur. Aïcha est secouée de tremblements. Elle n'ose bouger et pourtant elle voudrait crier, crier pour dire non à la nuit, non à la méchanceté, non à l'injustice.

Mais le talus la retient. Il va l'aspirer tout à l'heure, la recouvrir de sa terre molle et glacée, et il n'y aura plus d'Aïcha, on ne retrouvera plus la petite Maghrébine aux cheveux de feu. Elle aura disparu corps et biens. Comme on dit pour les naufrages. Oh ! avec si peu de biens ! Même pas de quoi acheter une barrette fluo au supermarché du coin !

À cet instant, Aïcha se sent sombrer. La pluie, qui s'est mise à tomber, la frappe en plein visage. Sous son corps replié, la terre semble se dérober. On dirait que le talus tout entier glisse vers des abîmes insondables.

Quelque chose jaillit.

C'est noir, c'est chaud, c'est vivant.

Les loups ! Déjà les loups ! Je ne crois plus aux contes ! crie Aïcha. C'est vrai, quoi ! C'est bon pour les petits ! C'est bon pour

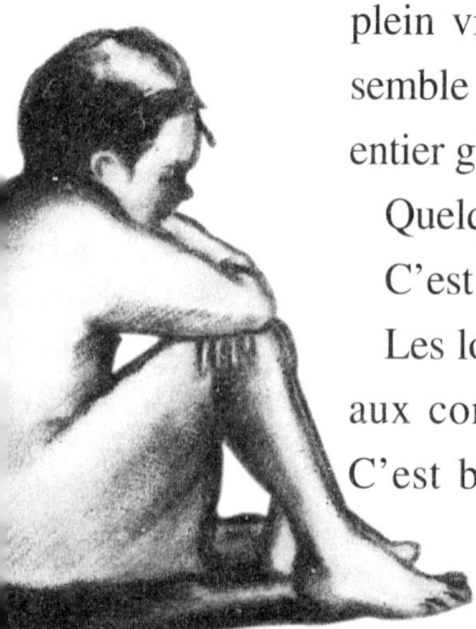

Nordine ! Non, pas Nordine, laissez Nordine tranquille !...

Aïcha se réveille brutalement.

Elle a roulé au bas du talus. Sa robe est trempée de boue. Il pleut fort. Autour, c'est toujours la nuit. Mais est-ce que j'ai vraiment dormi ? Juste un coup de fatigue, un moment d'oubli.

C'est alors qu'elle sent bouger sous son bras.

Elle se fige, cesse de respirer. La « chose » se déplie, s'approche de son visage, frôle ses lèvres. Un petit museau vibrant. Des moustaches. Une moulinette grignotante. UN CHAT. C'EST UN CHAT.

Aïcha pousse un profond soupir puis elle éclate de rire. Un rire au bord des nerfs.

Le chat recule, elle l'interpelle :

– Non, ne t'en va pas !...

Il écoute, réfléchit peut-être, puis il revient, passe sa petite langue râpeuse sur la main de la fillette.

Elle le prend délicatement contre elle.

Il se laisse faire.

Sa moulinette redouble d'intensité.

Comme il est chaud, comme il est doux, comme il est vivant !

Aïcha avise un surplomb de rocher. Elle s'y réfugie, son ronronneur entre les bras. Elle écarte ses cheveux trempés, s'essuie les yeux. Un bout de lune humide est apparu, caressant le ruban rectiligne du canal, là, juste entre les rangées de peupliers au garde-à-vous.

La fillette gratouille la tête du chat qui étire ses pattes, voluptueusement.

– Tu as de la chance, toi... Tu fais ce que tu veux. Tu vas où tu veux. Tu rentres quand tu veux...

Au bruit de sa voix, le chat répond par un miaulement léger. L'air d'approuver.

– Tandis que moi, je ne peux pas sortir sans dire où je vais, ce que je fais, avec qui je suis. C'est normal, tu me diras, là où j'habite, il faut faire attention. Mais quand même, il

– Tu as de la chance, toi…

n'y a pas que des drogués et des assassins dans notre cité.

Nouveau petit miaulement d'approbation du chat décidément très compréhensif.

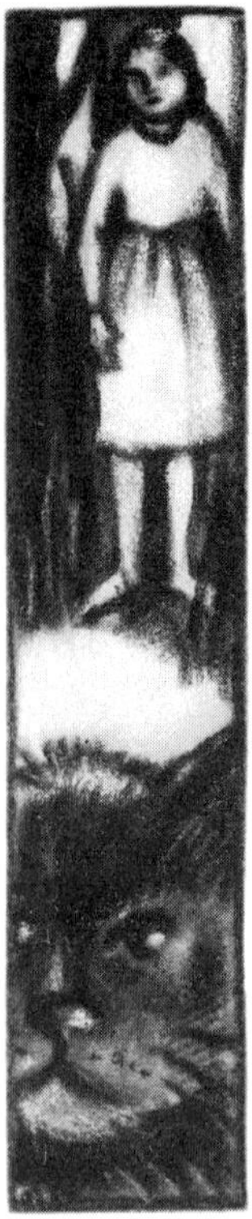

– C'est comme la barrette. Je l'aurais remboursée. Je ne suis pas une voleuse. Mais qu'est-ce qu'elle aurait dit, Flo, si j'étais venue à son anniversaire les mains vides ?

Cette fois, le chat se tait.

– Quoi ! T'es pas d'accord ?

Le chat émet un petit miaulement timide.

– Ah ! bon, tu m'as fait peur, soupire Aïcha. Je croyais que tu t'en fichais. Parce que, tu comprends, un cadeau, c'est comme un baiser. Plus on en fait, mieux c'est. Et Flo, c'est ma copine. Une vraie copine d'amitié...

Puis sa voix se brise.

– De toute façon, maintenant c'est trop tard... Quand elle apprendra ce que j'ai fait... Déjà que ses parents veulent pas qu'elle vienne chez moi !... Mais qu'est-ce que je pouvais faire, hein ?

Elle attrape le chat sous les pattes avant, le porte à la hauteur de son visage, le regarde droit dans les yeux. Il y a une lueur vert clair qui danse comme une petite vague. Elle dit sur un ton las :

– Dis, qu'est-ce que je peux faire, maintenant ?

Mais l'animal bâille, il se débat, ses pattes arrière fouettent les mains d'Aïcha, il se dégage brusquement.

La fillette reste un moment interloquée.

Puis elle se lève, réveillant brutalement la douleur de son pied blessé.

Elle pousse un gémissement et lance :

– C'est ça, oui... Tire-toi ! C'est toujours pareil. Quand on a besoin d'aide, y a plus personne... Comme pour Youssouf, mon père !... Avant sa maladie, c'était un bon ouvrier, et son chef, il en avait plein la bouche, des compliments. Dès qu'il a été obligé de s'arrêter, y a plus rien eu... Fini, râpé ! Terminé, mon père !... Y peut crever tout seul dans son coin, personne lèvera le petit doigt !... Alors, tu comprends, j'ai l'habitude !... Allez, barre-toi ! Je ne veux plus te voir !

Et elle ramasse soudain une pierre dont elle vise le chat. Celui-ci fait un saut en arrière. Aïcha lâche sa pierre et un profond abattement s'empare de tout son être.

Le chat s'éloigne sans hâte.

Un instant, il s'arrête au bord du chemin de halage. Il semble hésiter. Un rai de lumière l'enveloppe tout entier. Aïcha remarque alors qu'il n'est pas complètement noir. Au sommet du crâne, il a une tache blanche, une tache en forme d'étoile.

Aïcha murmure :

– Étoile !... Je t'aurais appelé Étoile si tu étais devenu mon ami !

Mais ses mots se perdent dans le martèlement de la pluie qui hache le paysage.

Le chat n'est plus là.

La petite fille abandonne son abri.

Elle s'avance vers la berge en clopinant.

Dans sa tête, il n'y a plus qu'un grand sentiment de vide.

Des buissons lui attrapent le bas de sa robe. La terre vaseuse s'enfonce sous ses pieds. Elle n'en peut plus. Une racine se détend, fouette sa cheville, elle glisse, elle se laisse aller.

Sous ses yeux agrandis par la terreur, l'eau glauque et miroitante du canal lui renvoie l'image d'une nuit sans étoiles.

Le commissaire Charvin n'aime pas qu'on l'interrompe quand il se roule une cigarette.

ÉMEUTE AU SUP MAC

6

Le commissaire Charvin n'aime pas qu'on l'interrompe quand il se roule une cigarette. C'est une opération délicate, le roulage. Il faut placer correctement la feuille de papier gommé entre les deux doigts de la main gauche, étaler régulièrement le tabac dans le pli de la feuille, humecter délicatement la mince marge encollée du papier et envelopper en tournant entre ses doigts le boudin de tabac, en veillant à serrer, pas trop, la partie à coller sur le bord non collant. Bref, une opération de haute précision !

Il en est à sa troisième tentative, ce matin. Il a presque fini, il n'a plus qu'à sectionner, d'un coup d'ongle, les brins de tabac qui dépassent quand Fillol, son adjoint, ouvre la porte en catastrophe. Courant d'air ! Le commissaire laisse échapper la cigarette, elle éclate par terre. Il jure.

– Excusez-moi, patron, c'est urgent. Il y a une voiture qui flambe sur le parking du Sup Mac.

Le commissaire désigne son front d'un index rageur.

– Excusez-moi, patron, c'est urgent.

– Est-ce qu'il y a écrit « caserne des pompiers », là ?

– Non, patron... Les pompiers sont prévenus, mais en plus il y a une bagarre. Les vigiles sont débordés. Toute la bande du Grand Pré. Rapport à la gamine.

– Quelle gamine ?

– On n'a pas voulu vous déranger hier soir, patron, parce qu'on croyait à une simple fugue... Mais c'est plus sérieux, paraît-il...

Tout en continuant son discours, Fillol entraîne le commissaire Charvin dans la 504 de service. Ils foncent, sirène hurlante, à travers la ville, suivis d'une fourgonnette de la gendarmerie.

L'adjoint fait le récit des événements de la veille.

Une petite Maghrébine prise en flagrant délit de vol. Le vigile Gribe qui lui passe un savon et la renvoie chez elle, sans chaussures. Son petit frère, un certain Nordine, qui ameute la cité. La mère, une forte femme, patron, qui force les portes du commissariat, avec un bébé dans les bras et qui nous menace de toutes les foudres de l'enfer si on ne retrouve pas sa gamine. Aïcha, je crois, c'est son prénom. On réussit à la calmer. Je mets deux hommes sur l'affaire. Ils fouillent la cité, ne trouvent rien. J'interroge les vigiles. Un peu bête, le coup des chaussures, mais pas bien méchant. La gamine avait piqué une barrette, vous savez ce que c'est. Des trucs d'aujourd'hui avec des couleurs à hurler. Enfin, les jeunes aiment ça...

Aïcha, je crois, c'est son prénom.

– Et alors ! l'émeute, c'est pour la barrette ? s'impatiente le commissaire.

– Non... Je vous explique... La nuit tombe. Tout le monde retourne chez soi. Je fais diffuser un message à toutes les patrouilles. Je rassure la mère. Et puis ce matin, catastrophe, la bande du Grand Pré se pointe au Sup Mac. Ils veulent corriger les vigiles, qu'ils disent. D'abord, ils couvrent les murs du supermarché d'inscriptions délictueuses. Le genre d'insultes habituelles. Et ils s'attaquent à la voiture du dénommé Gribe. Vous connaissez Gribe, patron, un ancien para, une tête chaude. Il supporte pas. Il sort une matraque, ça tourne mal. Et surtout, je vous ai pas dit l'essentiel, on a retrouvé le foulard de la gamine au bord du canal.

– Quoi ! s'étrangle Charvin, vous pouviez pas commencer par ça ?

Ils arrivent au parking du Sup Mac. Une mêlée générale oppose les employés du magasin et la bande de Karim, déchaînée. Une voiture renversée fume encore sous les jets des extincteurs. Les pompiers eux-mêmes sont bousculés dans la bagarre. Bientôt, l'escouade de gendarmes sépare les

*– Et puis
ce matin,
catastrophe,
la bande
du Grand Pré
se pointe
au Sup Mac.*

combattants. On continue à vociférer, à s'injurier de part et d'autre. Des visages saignent, certains se tiennent l'épaule, le bras, d'autres traînent la jambe.

Le commissaire parvient à se frayer un chemin sous les menaces.

Assise par terre, un petit garçon pleurant dans son giron, un bébé braillard dans ses bras, une femme se lamente. C'est la mère d'Aïcha. Charvin l'aide à se relever.

– Monsieur, on a détruit ma fille, on a souillé ma famille, c'est une honte...

– Calmez-vous, madame, calmez-vous...

– Pourquoi se calmer ! crie Karim, retenu à bras-le-corps par un gendarme. Les assassins sont dans ce magasin !

– Les assassins et les lâches ! s'excite Bomb.

Il réussit à échapper au cordon de gendarmes pour balancer un lourd pavé dans la vitrine du magasin, qui explose avec un grand fracas.

Aussitôt, il est rattrapé, ceinturé, jeté sans ménagement dans le fourgon.

– Suivez-moi, madame, fait Charvin sans se départir de son calme.

– Je viens avec vous ! dit un homme en costume gris, cravate stricte et lunettes fines. Je suis monsieur Grenier, le père de Florence, la meilleure amie d'Aïcha. J'ai des choses à vous dire.

Le commissaire acquiesce avec déférence. M. Grenier est honorablement connu dans la ville.

Quelques instants plus tard, Charvin a prévenu la brigade des hommes-grenouilles pour draguer le canal si nécessaire. Il place Gribe en garde à vue. C'est le seul moyen qu'il a trouvé pour calmer la bande du Grand Pré. Puis, après avoir fait servir un petit déjeuner chaud à la mère et à ses enfants, il se tourne vers Fillol.

– Qui a rapporté le foulard ?

– Une vieille femme. Elle a aperçu la gamine hier soir, près du pont du canal. Mais elle n'a trouvé le foulard que ce matin, en allant à la cueillette des pissenlits pour ses lapins... Les pissenlits, c'est mieux à la rosée du matin...

– Fichez-moi la paix avec vos pissenlits... A-t-elle remarqué autre chose ?

– Attendez... oui, il me semble qu'elle a parlé de traces de sang sur le pont...

– Du sang ! Sacrebleu ! Le pont du canal ! Ce n'est pas là qu'habite le Barjot ?

– Le Barjot ?

– Révisez vos fiches, Fillol ! Le Barjot, ce vagabond arrêté pour attentat à la pudeur sur une mineure de moins de treize ans !... Bon ! Y a pas de temps à perdre ! Filez avec deux hommes et ramenez-moi ce gaillard, en espérant qu'il ne soit pas trop tard ! Ah ! en sortant, prévenez M. Grenier que je l'attends...

Au même moment, au Grand Pré, les Glaïeuls se sont alliés aux Primevères qui ont prévenu les Hortensias. Une équipe d'hommes de toutes nationalités, de toutes confessions, ont, pour une fois, marié la Bible et le Coran pour partir à la recherche d'une fillette. Eux non plus ne croient pas que le canal ait englouti Aïcha.

Du moins, ils l'espèrent.

Le Barjot
habite dans une
cabane en tôle
et planches
rafistolées.

ANTOINE LE BARJOT

7

LE Barjot habite dans une cabane en tôle et planches rafistolées, à l'abri de l'arche du pont, à l'abri des regards et des tracasseries de ses semblables. Il a quitté la vie des hommes ordinaires un certain jour de novembre 1959 quand une décharge de fusil-mitrailleur lui a arraché une oreille, une partie du cuir chevelu et la moitié de sa raison. C'était en Algérie. Infirmier, il appartenait au contingent des appelés dont la mission était de ramener l'ordre dans un territoire qu'on qualifiait encore de département français. Il fut rapatrié, on lui octroya une pension, il fit six mois d'hôpital, et, comme il s'obstinait à jouer aux billes et à chanter des comptines, on le laissa retourner à la vie civile avec cette note dans son dossier médical : « Sujet atteint de régression infantile et de perturbation mélancolique. Non dangereux. »

La vie civile, pour tout un chacun, c'est un métier, un logement, une famille. Antoine Mitan, malgré son livret d'ancien combattant, ne trouva aucun patron pour le garder. En effet, il travaillait correctement pendant une heure puis, tout à coup, sans qu'on en sût la cause, il se mettait à pleurer à chaudes larmes. On le licencia pour conduite démoralisante. La seule famille qui lui restait était sa grand-mère. Quand elle mourut, on le chassa de l'appartement où il lui avait succédé, car il lui arrivait de se réveiller au milieu de la nuit et de mettre à plein tube un disque de chants arabes qu'il affectionnait particulièrement. Le disque craquait terriblement. Les voisins aussi. Il se retrouva donc exilé dans sa cahute en tôle, réduit à l'état de mendicité, parfois aidé par de bonnes œuvres. On ne le voyait en ville que pour toucher sa pension mili-

Il sort dans la bourrasque.

taire. Les enfants se moquaient de lui car il ne pouvait pas leur parler sans pleurer. Surtout avec les petites filles. Un jour, il voulut embrasser l'une d'elles. Elle prit peur, alerta ses parents. Antoine passa un mois en prison. Il en ressortit plus accablé que jamais et décidé à ne plus remettre les pieds en ville. Le facteur, un brave homme, accepta de lui apporter son mandat et ses provisions.

Ce soir, Antoine Barjot compte les battements de la pluie sur le pont métallique. Brusquement, il se souvient d'avoir laissé du linge à sécher, dehors, sur un fil de fer.

Il sort dans la bourrasque.

Tout à coup, il lui semble entendre un gémissement. L'ombre est déjà profonde mais son habitude de la nuit le guide sans hésiter vers l'endroit où il a entendu la plainte.

Il arrive juste à temps pour attraper par le bras la petite fille qui glisse vers le canal. Elle s'évanouit contre lui. Antoine tremble. Les cheveux noirs aux reflets de feu d'Aïcha

Elle s'évanouit contre lui.

s'épandent sur sa veste. Il les écarte pour voir son visage. De grosses larmes bouillonnent aussitôt sur les joues du Barjot. Puis il marmonne :

– Mon Dieu, Fatima, c'est toi ?...

Il saisit le corps amolli de l'enfant, le charge sur son épaule et regagne la cabane.

Quand Aïcha se réveille, une curieuse sensation l'envahit.

Elle se sent flotter comme sur un nuage. Elle a chaud. Un liquide odorant coule dans sa gorge. Une main lui soutient la nuque. Une tête aux yeux clairs, envahie de poils et de cheveux drus, se penche sur elle.

Elle sursaute.

– Où suis-je ? Qui êtes-vous ?

– N'aie pas peur, petite Fatima, n'aie pas peur, je suis Antoine, je viens de t'arracher aux hyènes de la nuit...

Aïcha ne comprend pas. Que lui dit ce bonhomme ? Pourquoi l'appelle-t-il Fatima ? Pourquoi parle-t-il de hyènes ?

Mais elle se laisse faire. Elle a soif. Elle accepte encore volontiers une gorgée de ce breuvage si doux que lui tend son hôte.

Quand elle a repris complètement connaissance, elle veut se lever. À peine a-t-elle posé le pied par terre qu'elle pousse un hurlement et s'écroule. Antoine se précipite, la fait s'allonger de nouveau, découvre son pied.

– Beaucoup de mal, je vais soigner Fatima.

Aïcha entend l'homme farfouiller dans une caisse.

Il revient, portant des fioles, une boîte de pansements, une bassine d'eau chaude. Puis, lentement, délicatement, il entreprend de nettoyer la plaie. Ses gestes sont doux, précis. Dans la lueur dansante de la lampe à pétrole, Aïcha voit briller ses larmes.

– Pourquoi vous pleurez ?

– Ah ! si tu savais, Fatima ! Si tu savais !...

Mais il ne dit rien de plus. Il termine le pansement, se met à genoux près de la fillette, lui caresse les cheveux. Aïcha n'a pas peur. Il lui semble que cet homme ne peut pas lui faire de mal, ne peut pas faire le mal.

Alors, elle déballe tout, d'un bloc. Youssouf malade, la bande du Grand Pré, l'anniversaire de Florence, la barrette, les chaussures. Antoine soupire. Ses yeux brillent.

– Cette fois, je ne les laisserai pas faire, Fatima. Je suis arrivé à temps. Cette fois...

La petite fille s'exclame :

– Je ne m'appelle pas Fatima ! Je ne comprends pas ce que tu me racontes. T'es dingue, ou quoi !...

Elle s'en veut aussitôt d'avoir prononcé ces mots. Antoine s'est raidi comme si elle l'avait giflé.

– Pardon, dit-elle... je ne voulais pas... Excusez-moi...

Antoine hoche la tête. Elle lui prend les mains, et y pose ses lèvres. Alors, il se met à chanter. Une comptine kabyle qui parle d'un petit enfant qui s'endort et d'une maman qui veille sur lui pour empêcher les djinns, ces esprits malfaisants, de déranger son sommeil. Aïcha connaît cette comptine. Elle reprend, ils la chantent ensemble.

Puis Antoine se raconte, comme ça, sans transition.

– C'était dans le djebel. Il y a eu une embuscade. Trois hommes sont tombés. Nous avons lancé une opération de représailles. Des fellaghas dans un village. Arrêtés, tous. Et une porte qui s'ouvre. Quelqu'un qui veut fuir. Un soldat tire, je me précipite. Ce quelqu'un, c'est une petite fille comme toi, mêmes cheveux, même visage. Elle s'appelle Fatima. Elle a mal. Elle me supplie de la guérir. Je ne peux rien faire. Elle meurt dans mes bras.

Cette fois, c'est Aïcha qui pleure. Elle pleure sur toutes les Fatima emportées par les hyènes de la nuit. Elle se blottit contre la poitrine d'Antoine. Il continue à parler, doucement, lentement.

– Après, je ne sais plus. On a tiré. Je me suis retrouvé sur un brancard. J'avais perdu la moitié de ma tête.

Aïcha le regarde.

– Non, elle est entière, ta tête. Il y a beaucoup de cheveux, beaucoup de poils, mais elle est entière.

Antoine sourit.

– Ce n'est pas ce que disent les autres.

– Les autres ne savent pas voir.

– Merci, Fatima... pardon... merci, Aïcha, je crois que c'est toi qui me l'as rapportée, ma moitié de tête...

La pluie martèle le pont métallique. C'est comme un long bercement ininterrompu. Aïcha ne sent presque plus son pied. Ses yeux se ferment peu à peu. Juste avant de plonger dans le sommeil, une question papillonne encore à l'orée de sa conscience : suis-je Fatima ou Aïcha ?

Antoine le Barjot étend une couverture sur la petite fille. Il éteint la lampe à pétrole et s'allonge sur le matelas, tout contre l'enfant endormie. Ses lèvres frémissent à peine pour laisser passer des mots, des mots tendres qui égrènent l'histoire d'une enfant qui s'endort pendant que sa maman veille sur elle pour la protéger des méchants djinns de la nuit.

Les yeux d'Antoine brillent, mais il ne pleure plus.

POURQUOI ? 8

DES coups violents ébranlent la cabane.

– Ouvrez, police !

Aïcha, réveillée en sursaut, cherche Antoine. Il est déjà debout, près de la fenêtre masquée à moitié par des cartons d'emballage.

– Je ne veux pas qu'ils m'arrêtent ! Ils vont me mettre en prison. Mon père en mourra de honte. Je t'en prie, fais quelque chose ! Dis-leur que je ne suis pas là.

Le Barjot regarde Aïcha intensément, revient à la fenêtre puis, brusquement, il plonge dans une caisse, fouille dans le bric-à-brac qui l'encombre et en sort un pistolet.

– Je ne voulais pas m'en servir. L'auront voulu.

Aïcha veut le désarmer, l'empêcher au moins de tirer. Trop tard. Le coup part, déchirant le silence. Des bruits de pas précipités, des jurons. Antoine regarde de nouveau la fenêtre.

– Ils sont partis, ils ont eu peur.

La petite fille le rejoint.

– T'en as tué un ?

– Non, c'est pas des vraies balles, des balles à blanc. Pour effrayer les voleurs.

Aïcha ne peut pas s'empêcher de sourire, malgré la situation. Quels voleurs craint-il dans son palais mité, son roi du canal à la tête cassée ? Elle se souvient d'une histoire qui racontait justement la vie d'un malheureux souverain exilé dans un château aux mille courants d'air et qui perdait peu à peu ses forces à chaque tempête, à chaque coup de vent. Le livre avait des illustrations. Elle en est sûre, maintenant, le roi ressemblait à Antoine.

Celui-ci, voyant Aïcha plongée dans ses pensées, croit l'avoir vexée à cause du mot « voleurs ». Mais la petite fille lui prend la main et la serre vigoureusement.

Ils restent ainsi un bon quart d'heure, sans bouger, écoutant le chant des oiseaux, le froissement de l'eau, le souffle de l'air dans les planches disjointes. Surgissant entre deux masses de nuages lourds, un morceau de ciel bleu, tout neuf. C'est comme une porte qui s'ouvre sur un pays de rêve.

Aïcha sort soudain de sa contemplation et se met à sauter à cloche-pied autour de la pièce.

– Regarde ! Je suis guérie ! T'es un vrai magicien !

Antoine esquisse un sourire crispé. Il est visiblement inquiet.

À cet instant, des bruits attirent leur attention à l'extérieur.

On marche au bord du canal, des chiens aboient. Une voix, amplifiée par un haut-parleur, se répercute sous l'arche du pont.

– ANTOINE MITAN, ICI C'EST LE COMMISSAIRE CHARVIN. SORTEZ SANS OPPOSER DE RÉSISTANCE ET RELÂCHEZ LA PETITE. IL NE VOUS SERA FAIT AUCUN MAL.

Aïcha pâlit.

– Ils sont revenus.

Un long silence suit l'annonce du commissaire.

Antoine dit :

– Ils vont nous prendre à revers. Il faut se replier.

Aïcha ne comprend pas.

Dehors, c'est l'attente. Un cordon de gendarmes, arme au poing, encercle le pont.

Fillol glisse à son chef :

– Mais comment savez-vous que la gamine est avec lui ?

– Pourquoi aurait-il tiré ?

– Des balles à blanc, patron !

– Qui vous prouve que les prochaines ne seront pas réelles !

Charvin, toujours aussi calme, a sorti une feuille de papier gommé et sa blague à tabac.

– Il faut user de la persuasion, être patient, il finira par craquer. Seulement, assurons-nous que la petite est encore vivante.

Antoine a dégagé un coin de la pièce. Il y a une trappe. Il explique :

– C'est un égout désaffecté. Il débouche de l'autre côté du canal. Vas-y. Je couvre tes arrières.

La petite fille ne demande pas ce que signifie cette expression bizarre. Elle n'en a pas le temps. Une voix, la voix de Florence, l'arrête net dans sa descente. Elle dit ceci, cette voix :

– AÏCHA, SI TU ES LÀ, RÉPONDS-MOI. LE SUP MAC A RETIRÉ SA PLAINTE. TON PÈRE NE SAIT RIEN. TOUT ÇA, C'EST DE MA FAUTE. J'AURAIS DÛ COMPRENDRE. AÏCHA...

La voix se brise sur ce nom...

La petite fille fonce vers la porte. Elle crie :

– Je suis là, je suis là !

Le Barjot la voit poser la main sur la poignée, tirer vers elle le battant de bois bancal. Ses yeux s'écarquillent de peur.

– Non, non... Fatima, la porte !...

Il se rue vers elle, il la repousse brutalement, il jaillit dehors, vociférant, le pistolet au poing.

– Vous n'aurez pas Fatima, cette fois !

Tout se passa alors très vite.

Antoine pointa le pistolet vers un jeune gendarme. Celui-ci perdit son sang-froid. Il tira. La balle atteignit le Barjot en pleine poitrine. Il s'affaissa, plié en deux, comme un arbre frappé par la foudre, presque au ralenti.

Aïcha surgit.

Elle voit Antoine allongé. Elle se jette sur lui. Elle hurle :

– Pourquoi vous avez fait ça ? Pourquoi ?

L'homme, blessé à mort, passe sa main dans les cheveux noir et feu de la fillette. Il réussit à articuler :

– Je t'ai sauvée, cette fois, Fatima... je t'ai... sauvée...

Puis il chantonne, d'une voix affaiblie, la comptine de la mère qui endort son enfant, il la chantonne jusqu'à son dernier souffle et Aïcha chante avec lui. Pourtant, elle n'a pas envie de chanter, la petite Beur, même en arabe. Elle voit vaciller dans le regard de son roi du canal

– Je t'ai sauvée, cette fois, Fatima…

une lueur qui disparaît, loin, très loin, là-bas, dans un pays dont on ne revient jamais.

Au moment où les gendarmes s'approchent d'elle, Aïcha bondit, leur échappe et s'enfuit dans la cabane dont elle barricade la porte. Florence et son père se heurtent à cette porte fermée. Le commissaire Charvin se joint à leurs appels. Puis il ordonne de faire sauter l'obstacle.

– Qu'est-ce qu'elle fait ? Elle devient folle ! s'exclame Fillol.

– Y aurait de quoi ! grommelle le commissaire, en écrasant du pied une cigarette inachevée.

Le jeune gendarme, hébété, regarde le corps d'Antoine en répétant :

– Je voulais pas tirer, je voulais pas tirer...

La porte cède. À cet instant, le groupe du Grand Pré fait irruption. Nordine le précède.

– Manquait plus que ceux-là ! fait Charvin.

– Où est ma sœur ? crie le gamin.

Ils bousculent les gendarmes, Karim en tête.

La trappe est restée ouverte. Nordine et Karim s'engouffrent dans le puits sombre et humide.

On entend leurs appels rebondir en échos, puis s'éloigner.

Un homme se précipite vers le commissaire. Il est gros, il souffle comme un bœuf.

– De l'autre côté, il y a les marécages. Si elle les atteint, elle va s'y enliser. Je connais l'endroit, j'y viens à la pêche.

Avant que le commissaire ait réagi à cette nouvelle dramatique, une demi-douzaine de jeunes ôtent leurs blousons, leurs pantalons, et se jettent à l'eau dans un bouillonnement d'écume. En quelques brasses vigoureuses, ils atteignent l'autre rive. On les voit s'accrocher, dégoulinants, à la berge glissante. Puis ils s'enfoncent dans un massif de broussailles enchevêtrées.

Le gros homme soupire :

– C'est beau d'être jeune !

Youssouf, installé dans un fauteuil, une couverture sur les genoux…

ÉPILOGUE

YOUSSOUF, installé dans son fauteuil, une couverture sur les genoux, sourit. Par la fenêtre, de l'autre côté des immeubles, il assiste à une partie de foot animée qui oppose les Glaïeuls aux Primevères. Une foule dense entoure le terrain vague. Elle gesticule, elle crie, elle applaudit. La troisième équipe, celle des Hortensias, se prépare pour affronter le vainqueur. Mais le résultat se fait attendre. Les deux équipes sont à égalité. Dans les buts des Glaïeuls, un gardien peu ordinaire. Il a dans les onze ans, des cheveux blonds retenus en chignon par une barrette fluo en forme de papillon. Et il arrête tout ce qu'il veut.

On n'a pas dit la vérité au père d'Aïcha.

Pour la première fois de sa vie, sa femme

lui a menti. Elle lui a fait croire que sa fille s'était égarée en voulant aller chez son frère Kamel, à pied, pour économiser un ticket de bus. Youssouf a remercié Allah de lui avoir donné une fille si courageuse.

Quand les nageurs ont récupéré Aïcha à la sortie du tunnel, elle était transie de froid, hagarde. Karim et Nordine sont arrivés peu après. On l'a transportée au commissariat. Un médecin est venue l'examiner. Il a souligné l'excellent pansement qu'on lui avait fait au pied. Puis la gamine a recouvré ses forces et a tout raconté.

Le commissaire, occupé à rouler son habituelle cigarette, a suspendu son geste. Ses doigts tremblaient. Soudain, la porte s'est ouverte avec fracas. Courant d'air. La cigarette s'est écrasée par terre. Fillol s'est excusé mais il était très énervé. Il a entraîné Charvin dehors et lui a montré la 504 de service bleu marine. Elle n'était plus vraiment bleu marine. D'énormes tags multicolores avaient envahi

La gamine
a recouvré
ses forces et
a tout raconté.

toute sa surface, y compris le pare-brise. On pouvait lire, entre autres : LES KEUFS SONT SYMPAS. Le commissaire n'a rien perdu de son flegme. Il s'est contenté de dire :

– On voit qu'ils ne savent pas encore comment est mort le Barjot. Sinon, nul doute qu'on aurait eu droit à des épithètes moins flatteuses !

C'est l'épreuve des tirs au but. Florence, rouge à craquer, les mâchoires crispées, l'œil rivé au ballon, s'assouplit les jambes. La victoire se joue dans cet instant précis, dans cette seconde interminable. Tir ! La gardienne blonde se détend et détourne la balle du bout des doigts. C'est le délire dans la foule. On porte Florence en triomphe. Son père est entouré par des supporters extasiés. On lui offre du thé à la menthe. On lui serre la main. On lui tape sur l'épaule. Il semble ravi.

La petite Beur embrasse sa copine sous le regard tendrement moqueur de son frère

Nordine, qui ne la quitte plus d'une semelle. Florence secoue la tête, ses cheveux bien retenus par la barrette bougent à peine.

– Tu vois, Aïcha, dit-elle, c'est grâce à ton cadeau que j'ai gagné.

Aïcha regarde le papillon fluo et sourit timidement. Puis elle murmure, en baissant la tête :

– Tu veux bien m'appeler Fatima ?

Un chat noir, portant une drôle de tache sur la tête, en forme d'étoile, s'approche d'elle à pas lents et mesurés.

Cette histoire est inspirée d'un fait divers. Mais la petite fille qu'on a obligée à rentrer chez elle, pieds nus, a eu moins de chance qu'Aïcha. Elle s'est suicidée.

Table des matières

1. Le Grand Pré 9

2. Un cadeau pour Florence 17

3. Vide tes poches ! 25

4. Pieds nus dans la ville 33

5. Une nuit sans étoiles 41

6. Émeute au Sup Mac 53

7. Antoine le Barjot 63

8. Pourquoi ? 73

Épilogue 83

Robert Boudet

(1941-1994) a été enseignant, auteur dramatique
et écrivain pour la jeunesse.
Il animait aussi un atelier de théâtre.
Il aimait les mots – sauf ceux qui blessent –,
les animaux – sauf ceux qui mordent –
et les enfants – même ceux qui pleurent.

Du même auteur :

Aux éditions Milan :
Objectif Terre ! (1990, réédition « Zanzibar », 1995)
Livre d'Or 1991
Les Mille Vies de Léon Camet (« Zanzibar », 1992)
Ralentir, collège hanté ! (« Mystères », 1994)
Du rififi dans les poireaux (1988, réédition « Zanzibar », 1995)
Coups de théâtre (« Mille Passions », 1995)

Chez d'autres éditeurs :
Histoires de toutes les couleurs (École des loisirs,« Médium poche », 1983)
Les Voyages fous, fous, fous d'Alexis (Flammarion, « Castor-poche », 1987)
Drôle de cirque (Le Ciel bleu, 1987)
La Petite Bête (École des Loisirs, « Neuf », 1989,
réédition « Neuf en poche », 1991)
Mon prof est un espion (Casterman, « Mystères », 1991,
réédition « Romans », 1995)
Bastille, mon amour (Bayard, « Je bouquine », 1992)
Le Roi des animaux (Épigones, « Histoires pour toi »)
Le Royaume des ogres (Nathan,« Histoires à raconter », 1993)
La maîtresse a disparu (Épigones, « Myriades », 1993)

Nathalie Girard

Influences
Le cinéma américain jusqu'aux années soixante.
Les dessins de Seurat.

Amours
Jane Austen, Dickens, le cinéma,
Le Titien, Winnie l'Ourson.

Haines
La science-fiction.

Parcours
Divers.

Envies
Illustrer un roman à l'eau de rose.

Dans la même collection

Dès 8 ans :

3. *Trois Aventures de l'Ogre-doux*
Jean-Loup Craipeau
5. *Gaël et Réséda* • Dominique Buisset
16. *Les Malheurs de Sophie*
Comtesse de Ségur
17. *L'école qui n'existait pas* • Gudule
25. *Le 397e Éléphant blanc*
René Guillot
33. *Les Nougats* • Claude Gutman
34. *Le Dragon déglingué*
Jean-Loup Craipeau
43. *L'Étrange Madame Mizu*
Thierry Lenain
50. *L'Inventeur* • René Escudié
56. *À l'abordage, Mamadou Courage !*
Jean-Loup Craipeau

Dès 9-10 ans :

1. *Gare au carnage, Amédée Petipotage !*
Jean-Loup Craipeau
2. *Trafic à la gare de Norvège*
Pierre Mezinski et Corinne Bouchard
6. *Cabot-Caboche* • Daniel Pennac
7. *L'Œil du loup* • Daniel Pennac
8. *Opération Marcellin* • Claire Mazard
9. *L'Expédition perdue* • Pierre Pelot
12. *Croc-Blanc* • Jack London
13. *Vingt Mille Lieues sous les mers*
Jules Verne
15. *Le Fil à retordre*
Claude Bourgeyx
18. *Les Mange-Forêts* • Kim Aldany
19. *Contes et Légendes des chevaliers de la Table Ronde*
Jacqueline Mirande
21. *Contes et Légendes de la mythologie grecque*
Claude Pouzadoux
22. *Contes et Légendes de l'Égypte ancienne*
Brigitte Évano
23. *Les 777 pouvoirs* • Renée Billot
26. *Sur la piste du loup*
Daniel Meynard
27. *Gazoline et Grenadine*
Jean-Loup Craipeau
28. *Un chien dans un jeu de quilles*
Thierry Lenain
35. *Le Renard de Morlange*
Alain Surget
36. *Les Horloges de la nuit*
Roderic Jeffries
37. *La Rédac* • Évelyne Reberg
38. *Julie-Égalité* • Jacqueline Mirande
41. *Pinocchio* • Carlo Collodi
44. *Le Redoublant* • Claire Mazard
45. *Contes et Légendes du Moyen Âge*
Jacqueline Mirande
47. *Le Secret de la falaise*
Yves Pinguilly
48. *Racamiel et Rigobert*
François Sautereau

49. *La Ballade d'Aïcha*
Robert Boudet
51. *Le Jour de tous les mensonges*
Hubert Ben Kemoun
52. *Chlaganoir*
Évelyne Reberg et Guy Jimenes
53. *Kerri et Mégane et les Transmiroirs*
Kim Aldany

DÈS 11-12 ANS :

4. *Lapoigne et l'Ogre du métro*
Thierry Jonquet
10. *La Dernière Pluie*
Jean-Pierre Andrevon
11. *Contes et Légendes de l'Odyssée*
Jean Martin
14. *La Guerre du Feu*
J.-H. Rosny aîné
20. *Contes et Légendes de la naissance de Rome*
François Sautereau
24. *Contes et Légendes de l'Iliade*
Jean Martin
30. *Dans les forêts de la nuit*
Nadèjda Garrel
31. *Lapoigne à la chasse aux fantômes*
Thierry Jonquet
32. *Jalouve* • Éric Sanvoisin
39. *Train d'enfer* • Michel Amelin
40. *Le Secret de la pierre noire*
Patrick Grainville
42. *Aïna, Fille des étoiles*
Christian Grenier
46. *La Chanson de Hannah*
Jean-Paul Nozière
54. *Lapoigne et la Fiole mystérieuse*
Thierry Jonquet
55. *La Montre infernale*
François Sautereau

À PARAÎTRE :

AVRIL 96 :

Aïna et le Secret des Oglonis
Christian Grenier
La Route du danger • Roderic Jeffries
Prisonniers des sables
Yves-Marie Clément
Un alligator pour la vie
François Zabaleta

JUIN 96 :

Pour l'amour de la Marie-Étoile
Sylvie Queyron
Augustin et Amandine
Geneviève Le Moal
Mes chers voisins • Gérard Moncomble

SEPTEMBRE 96 :

Le Jour du meurtre
Hubert Ben Kemoun
Le Club des secrets • Elsa Devernois
Le Puma aux yeux d'émeraude
Yves-Marie Clément

N° d'Éditeur 10029316 (I) 8 OSBV 90°
Dépôt légal : janvier 1996
MAME Imprimeurs à Tours
Loi numéro 49 956 du 16 juillet 1949
sur les publications destinées à la jeunesse
ISBN 2-09-282164-4